Children of the Flood

An Esperanto Dual Language Novella

Created by Myrtis Smith

Published by Kylan Verde Books LLC

Kylan Verde Books LLC
Cincinnati, Ohio

Esperanto Translation by

Hans Eric Becklin

(Member of the Academy of Esperanto)

Proofreading and editing provided by Tatu Lehtilä and Alison Miller.

Table of Contents

Introduction

Esperanto is a fun and rewarding language to learn. If you are like most new language learners, once you get the basics, your next step is to find opportunities to use the language. Reading is a perfect way to work with your new language and grow your vocabulary.

In my first books (Short Stories in Esperanto and Short Stories in Esperanto Volume 2) I used short stories in the dual language format. These were more entertaining than a textbook and easier to get through than a novel. Through those short stories I hope your reading comprehension has improved and your vocabulary has grown. But, there is a big difference between a 500 word short story and a 500 page novel. What is next if you've outgrown short stories but don't feel ready to tackle a full-length novel?

Introducing the newest member of our Dual Language Family: The Novella.

Novellas – like this one – are short books, between 5000 and 10,000 words. They feature multiple chapters, a variety of interesting characters, and a fully developed plot. Everything you love about reading a full-length book!

Why read a dual language book?
1. Dual language books make reading more accessible. The new language is much less intimidating when you have supporting text.
2. Dual language books are proven to accelerate the learning of vocabulary, grammar, and sentence structure.
3. Dual language books allow the reader to compare and contrast text, thereby noticing different features of each language.
4. Dual language books serve as a connecting bridge, helping the learner develop a deeper understanding of the new language and how to use it effectively.

Here are some suggestions to help you get the most out of your dual language book:

1. Read the English story first, so that you have a general understanding of the story. Then read the Esperanto version.

2. Read the Esperanto version first, without consulting a dictionary. Then read the English version and see how much you understood.

3. Read the Esperanto version slowly, writing down every word you don't understand. Try to figure out the word from the context then refer to the English translation.

4. Read the Esperanto version aloud to work on your pronunciation.

5. Look through the English version and pick out common words and phrases that you don't know how to say in Esperanto. Refer to the Esperanto translation to see what they are.

Please note, this book contains an Esperanto *version* of the story and an English *version* of the story. While the two are very similar they are not meant to be word-for-word translations. The goal is for the reader to see how similar ideas would be conveyed in each language.

Esperanto
Infanoj de la inundo

Ĉapitro 1: La Instituto de Homa Plibonigo

(Chapter 1: The Institute of Human Enhancement, p. 65)

La ŝildo sur la antaŭo de la konstruaĵo tekstis: La Instituto de Homa Plibonigo. Ĝi estis senornama konstruaĵo de tri etaĝoj, kiu troviĝis tricent metrojn de la strato. Laŭ la longa vojo estis vico de arboj.

Mi paŝis en la akceptejon. Laŭ sia aspekto, ĝi estis kombinaĵo de alta teĥnologio kaj hejmeca komforto. Kolore, ĝi estis blua kun metalaj nuancoj. Estis plataj televidiloj, kiuj sur si montris videaĵojn de belaj homoj, kiuj ridetis, kuris, kaj ludis. Leginte tri reklamajn broŝurojn, mi ankoraŭ ne sciis, kio estas la

Instituto de Homa Plibonigo, nek kiel ĝi povas helpi al mi.

La letero, kiun mi ricevis antaŭ tri semajnoj estis preskaŭ same ordinara kaj nerimarkinda kiel la konstruaĵo. Plejparte ĝi konsistis el la sama vaka propagando, kiun oni legis en la broŝuroj, sed la unua frazo kaptis min. Ĝi tekstis: "Ĉu vi spertas la benon, kiu estas longa kaj eksterordinare sana vivo? Se jes, kontaktu nin." Eble mi opiniis aferojn implicatajn, kiuj ne vere ekzistis, sed ŝajnis al mi, ke ili scias mian sekreton. Se jes, eble ili ankaŭ havas respondojn pri ĝi.

Dekstre de la labortablo de la akceptisto, pordo malfermiĝis. Du homoj paŝis en la akceptejon.

Viro en blanka laboratoria kitelo paŝis al mi kun sia mano etendita al mi. "S-ro Johanson, mi estas d-ro Robert Zamora." Ni premis la manojn unu de la alia. Li turnis sin por prezenti la virinon, kiu staris apud li. "Jen mia asistanto, Miriam Vega."

D-ro Zamora aspektis kiel stereotipa sciencisto, kun okulvitroj, la blanka kitelo, kaj rektangulaj vizaĝtrajtoj. Li parolis rapide dum liaj okuloj iradis tien kaj reen por kapti ĉiun detalon. Miriam estis malsama. Ŝi estis pli mola. Ŝi ridetis premante mian manon. Ŝiaj manieroj estis varmaj kaj senstreĉaj. Estis iom da familiareco en ŝi, kio ŝajnis al mi netaŭga en tiu ĉi sterila loko.

Mi sekvis la paron laŭ longa, mallarĝa koridoro. Ni iris en ĉambron. Estis tablo, pluraj seĝoj, kaj kamerao muntita sur tripiedo. Sur la tablo estis kruĉo da akvo kaj kvar glasoj. D-ro Zamora proponis al mi la seĝon kontraŭ la kamerao. Li verŝis akvon kaj sidiĝis aliflanke de la tablo, transe de mi.

Miriam lokis sin malantaŭ la kamerao. Ŝi kapklinis al d-ro Zamora. "Ĉio estas en ordo miaflanke."

D-ro Zamora rigardis min. "Unue ni starigos multajn demandojn al vi. Ili okupos la grandan plimulton de la tago. Poste, ni observos vian dormadon. Morgaŭ ni iros en la laboratorion kaj testos vin rilate al kelkaj aferoj.

Mi respondis, "En ordo."

"Se vi pretas, ni komencos." Li kapklinis al Miriam. Ŝi premis butonon de la kamerao kaj ruĝa lumo komencis pulsi por montri, ke ĝi registras.

Ĉapitro 2: La intervjuo, parto unu

(Chapter 2: The Interview - Part 1, p. 69)

D-ro Zamora komencis. "Hodiaŭ estas ĵaŭdo, la 7-a de Aprilo 2048. Bonvolu diri vian plenan nomon, por ke niaj datumoj estu plenaj."

Mi respondis, "Donovan Frederick Johanson."

"Bonvolu konfirmi, ke vi ĉeestas libervole. Neniu premas vin, minacas vin, ĉantaĝas vin, aŭ subaĉetas vin, por ke vi ĉeestu, ĉu?"

"Neniu, prave. Mi ĉeestas libervole."

"Dum via restado en la Instituto de Homa Plibonigado, vi paroprenos serion de intervjuoj kaj estos multe testata. Tio inklizivos sangoĉerpadon, specimenon de DNA, kaj la provadon de viaj fizikaj limoj. Ĉu vi konsentas esti testota?"

"Jes." Mi ne sentis min tute bone pri la amplekso de la testado, sed mi bezonis klarigojn, kaj d-ro Zamora kapablis helpi al mi trovi ĝuste tion.

D-ro Zamora daŭrigis. "Ĉiuj komprenas, ke vi rajtas haltigi tiun ĉi procedon iam ajn."

"Jes."

"Ĉu vi povas respondi plene?"

"Jes, mi komprenas, ke mi rajtas haltigi la procedon iam ajn."

"Dankon, S-ro Johanson. Bonvolu diri vian naskiĝdaton."

"Mi naskiĝis la 23-an de Majo 1899."

Miriam interrompis min. "Pardonu, ĉu vi intencas diri 1999?"

"Ne, mi intencas diri 1899." Estis strange diri tiun veron. Mi ne povis memori, kiam mi laste diris al iu mian veran naskiĝtagon.

Ŝi kuntiris la brovojn kaj ridis maltrankvile. "Tio signifas, ke vi havas preskaŭ 150 jarojn."

"Jes," mi diris senemocie.

Ŝiaj okuloj larĝiĝis. Ŝi rigardis d-ron Zamora. "Kiel tio eblas?"

"Ĝuste tiun enigmon ni provas solvi." Li estis iom ĝenita. "Mi supozas, ke oni ne klarigis al vi la detalojn de tiu ĉi esplorado?"

Ŝi malfermis sian buŝon, por povi paroli, pensis dum sekundo, kaj poste respondis, "Mi pardonpetas pro la interrompo."

D-ro Zamora denove atentis min. "Laŭ vi, ĉu vi aŭ viaj gepatroj iam ajn partoprenis sciencan eksperimentadon, ĉu teĥnikan, ĉu genetikan?"

"Laŭ mia kompreno, neniam."

"Ĉu vi iam ajn prenis eksperimentan medikamenton?"

"Ne."

"Ĉu viaj gepatroj partoprenis ion ajn, kio estis kvazaŭ sorĉado?"

"Ne."

"Ĉu estas rakontoj pri kaptado fare de eksterteranoj?"

"Ne."

Li daŭre demandadis min dum preskaŭ horo. Li sondis min pri io ajn nekutima aŭ eksperimenta, kio povus klarigi mian longan vivon.

Por fini li demandis, "Kiam vi konstatis, ke vi ne aĝiĝas?"

Ĉapitro 3: 1954

(Chapter 3: 1954, p. 73)

Estis 1954. Mia unua edizno Edna kaj mi estis meze de la kvindekaj jaroj de la vivo. Kompreneble, ŝi aspektis kiel kutima persono 50-kelkjara. Iom da grizaj haroj, sulkoj sur la vizaĝo, kelkaj kromaj kilogramoj. Male, mi aspektis kiel 25-jarulo. Ni ofte ŝercis pri la afero, sed tiutempe mi ne supozis, ke io ajn misas.

La tutan vivon ĝis tiam mi supozis min bonŝanca. Neniam mi estis serioze malsana, nur foje malvarmumis. Estis vundetoj de tempo al tempo, sed ili ĉiam rapide malaperis. Mi havis la energion kaj fortikecon de viro duone aĝa.

Iun vesperon, Edna kaj mi eliris por ĉeesti koncerton de muzikgrupo. Estis en malgranda, troŝtopita drinkejaĉo. Homoj staris unu tuj apud la aliaj. Ankaŭ dancis kaj drinkis. Al ni, ĉio estis iom pli bola, ol kutime, sed ni bone amuziĝis. Ĝis tiam, kiam mi koliziis kun alia viro tiel forte, ke li verŝis sian trinkaĵon sur la plankon.

Li jam estis sufiĉe ebria kaj ĝenerale agresema, do tio al li sufiĉis por komenci batali. Rigardu min; mi estas esence la sama persono kiel mi estis dum la lastaj 150 jaroj. Mi ne estas batalema. Aldone, tiam mi ne havis sufiĉan sperton por povi forgliti facile de la situacio. Do, li vere draŝis min.

Edna volis alvoki la policon. Mi simple volis reiri hejmen. Estis vere terure. Unu okulo ŝvelis, lipo mia estis fendita, kaj li plej verŝajne rompis al mi unu el la ripoj. Ni iris hejmen en taksio. Atinginte la domon, mi jam sentis min bone denove. Sed mi ne volis, ke Edna sciu, do mi daŭre ŝajnigis min doloranta. La sekvan matenon, mi ne povis kaŝi ĝin plu. Ĉio estis en ordo. Estis neniu marko, neniu kontuzo. Eĉ ne cikatro estis. Vere nenio. Estis kvazaŭ nenio okazis.

Tio estis nur la komenco. Tiam mi konstatis, ke la fenomeno ne simple rilatas al mia juna aspekto. Mi ne aĝiĝis. Dek jarojn poste, mia kara Edna mortis. Mi ankoraŭ estis kiel 25-jarulo.

Ĉapitro 4: La intervjuo, parto du

(Chapter 4: The Interview - Part 2, p. 77)

Mi trinkis kelkajn gutojn de mia akvo. Mi dum jaroj ne pensis pri Edna—dum preskaŭ cent jaroj. Ŝi estis mia unua amato. Tiam mi supozis min normala. Nia rilato estis normala. Ĉio estis normala—ĝis venis la horo por konfesi al mi mem, ke ĉio ne estas. Kiam mi rimarkis, ke io misas—ke io ne estas normala—normalo ne plu ekzistis por mi. Post Edna, mia vivo fariĝis mensogo.

"Rakontu pri viaj gepatroj." D-ro Zamora ne pretis indulgi mian pensemon.

"Miaj gepatroj estis tute nerimarkeblaj. Mia patro estis el Francujo. Li translokiĝis al Kanado en 1886. Renkontis mian patrinon, liberigitan sklavon. Ili geedziĝis. Li laboris en oficejo, sed la detalojn de lia laboro mi ne plu memoras.'

"Ĉu viaj gepatroj daŭre vivas?"

"Ne. Mia patro mortis en akcidento malfrue en la jaroj 1930-aj. Mia patrino mortis en sia 90-a jaro."

"Ĉu vi havas gefratojn?"

"Du pli junajn fratojn. Mia patro generis du infanojn kun sia kromvirino."

"Ĉu iu ajn daŭre vivas?"

"Ne, ĉiu jam mortis."

"Kio pri viaj gekuzoj?" Miriam parolis de malantaŭ la kamerao.

La interrompo incitis d-ron Zamora. Mi estis konfuzita. "Miaj gekuzoj, kio pri ili?"

"Jes, ĉu via patrino havis fratinojn?" Ŝi rigardis espereme antaŭ ol haste aldoni, "aŭ fratojn?"

"Ambaŭ el miaj gepatroj havis gefratojn. Mi ne scias multon pri la familio de mia patro. Li perdis kontakton kun ili. Sed mia patrino havis tri fratinojn."

Mi ridetis. Mi ne multe pensis pri mia infanaĝo dum multaj jaroj.

"Onklino Adele estis ŝia plej aĝa fratino. Mi memoras, ke en kelkaj someroj ni iris al ŝia domo por ludi. Ŝi havis grandan arbon en la malantaŭa korto de sia domo. Aceron, aŭ eble sikomoron. Al ĝi estis ligita pendolo. Ni grimpis supren laŭ la arbo kaj ludis per la pendolo. Mia onklino havis tri infanojn, nome Mimi, Remy, kaj Skeet. Ni ludadis dum horoj en la rivereto malantaŭ la domo."

"Kio okazis al ili?"

"Onklino Adele mortis antaŭ ol mia patrino. Mi ne certas pri la sorto de ŝiaj infanoj." Mi komencis malĝoji. Mi riproĉis min mem pro mia forgesado de ili. Mi supozas, ke post 150 jaroj multaj memoroj komencas malfortiĝi.

"Kie estas la necesejo?"

D-ro Zamora skribis en sian kajeron rapide. "Miriam, ĉu vi povos montri ĝin al li?"

Ŝi ĉesis registri kaj kondukis min el la ĉambro. Ni komencis babili, promenante laŭ longa koridoro.

"Adele estas bela nomo."

"Mia onklino estis bela persono," mi respondis. "Vi iom similas ŝin."

Miriam ridetis. Ŝi fingromontris al la pordo de la necesejo. "Kiam vi eliros, turniĝu dekstren. Poste maldekstren du fojojn por reatingi la ĉambron."

Mi reiris al la ĉambro kaj residiĝis en mian seĝon. Glutinte iom da akvo, mi estis preta rekomenci.

D-ro Zamora tenis sin same. Li restis sur sia loko kaj skribis dum mia tuta foresto. Kiam li rimarkis, ke mi pretas, li kapklinis por ke Miriam ekregistru.

"Ĉu iu iam ajn proponis al vi pruvojn aŭ teoriojn pri via longa vivo?"

Mi pensis dum momento. "Nu, iam en Nov-Orleano."

Ĉapitro 5: 1989

(Chapter 5: 1989, p. 81)

Estis 1989. Mi ĵus finstudis en la universitato...la trian fojon. Ravis min Afro-Haitia religio, la tiel-nomata voduo. Mi pensis, ke la universitato Tulane en Luiziano estos taŭga loko por studado. Ĝi plaĉis al mi, do mi decidis resti iomete post la diplomiĝo. Mi fondis entreprenon kaj renkontis belan virinon, kiu nomiĝis Margarite. Poste, ŝi fariĝis mia tria edzino.

Unu semajnfinon, mi akompanis Margarite por viziti ŝian onklinon, kiu posedis vodu-butikon en vilaĝo. Kun kandeloj, spicherboj, tamburoj, pupoj, kaj tiel plu. Margarite prezentis min al sia onklino. Tiu ĉesis fari tion, kio ĝis tiam okupis ŝin kaj ekrigardis min fikse longan tempon. Fine, ŝi diris, "Atentu tiun ĉi ulon, li ne estas tia, kia li ŝajnas."

Margarite ridis. "Onjo, kiel vi povas diri tion? Vi ankoraŭ ne rigardis liajn manojn?"

Mi ne komprenis tion, kion ŝi diris. Margarite klarigis, "Onjo havas apartan benon. Ŝi kapablas aŭguri pri iu surbaze de ties manplatoj."

La onklino ŝultrumis. "Beno, malbeno...kiu scias? Ĝin posedas la virinoj de nia familio."

Margarite ridis. "Sed ĝi preterpasis min. Mi kredas, ke mia kuzino Reina estas la bonŝanculo en mia generacio."

Ŝia onklino esprimis sian malkontenton. "Mi ne dirus bonŝanca, precize." Ŝi etendis siajn manojn al mi dirante, "Donu la manojn, kara. Ni vidu, kion ni havas."

Ŝi rigardis mian manplaton. Ju pli longe ŝi rigardadis, des pli sulkaj fariĝis ŝiaj brovoj. Kiam ŝi finfine rigardis min, mi vidis profundan konsterniĝon en ŝiaj okuloj. Ŝi mallevis mian manon gardeme kaj komencis retropaŝi. "Mi devos fini tion ĉi alian fojon.

Mia kapo ĝenas min kaj mi ne klare vidas." Mi sentis, ke ŝi mensogas.

Tio zorgigis Margarite. "Ĉu vi bone fartas?"

"Jes, mia kara, simple la tago estis jam tre plena kaj mi ne povas bone fokusi miajn fortojn," ŝia onklino diris, daŭrigante la mensogadon.

Do, ni foriris. Tamen, la sekvan tagon mi reiris al la butiko.

Kiam mi eniris, ŝi ne devis turniĝi por vidi min. Ŝi salutis senvide, "Jen la granda trompanto. Mi sciis, ke vi revenos."

Mi ne komprenis. Mi demandis, "Kial vi nomas min tiel?"

"Ĉar via vizaĝo ŝajne indikas rakonton, kiu estas mallonga. Sed via animo montras multe pli da rakontoj."

Mi paŭzis por decidi, ĉu premi ŝin plu pri tio ĉi. Evidente ŝi vidis ion en mi, kaj mi bezonis scii, kion. "Kion vi vidis sur mia manplato?"

"Nenion gravan. Kiromancio ne estas preciza scienco. Foje falto estas nur falto."

Pli da mensogoj.

"Mi bezonas klarigojn. Bonvolu..."

Ŝi prenis mian manon. Ŝi glitigis siajn fingrojn laŭ la faltoj de mia manplato. Ŝi tuŝis tre delikate. Mi povis senti ian energion flui. Ŝia voĉo estis apenaŭ pli laŭta ol flustro. "Vi havas nekutime longan viv-falton. Nenature longan."

"Kial?"

"Ĉu vi ne scias?

Mi balancis la kapon. "Mi tute ne scias."

"Mi ne povas diri surbaze de via manplato." Ŝi suspiris kaj kombis la harojn per siaj fingroj. Ŝi sciis pli, sed ne volis diri. Mi sentis en ŝi timon.

Mi provis alian aliron. Mi diris, "Mi ne scias, kial mi estas ĉi tia. Mi ne scias, ĉu ĝi estas beno aŭ malbeno. Sed mi bezonas kompreni ĝin."

Ŝi gestis al tablo en angulo. "Ni konsultu la tarokojn."

Ni sidis unu kontraŭ la alia dum mi rigardis ŝin zorge miksi la tarokojn. Ŝi glitigis la stakon antaŭ min kaj petis, ke mi dividu ĝin en du partojn. Mi dividis ĝin. Ŝi restakigis la kartojn kaj poste kreis arkon el ili. Ŝi prenis el ĝi tri kartojn.

Ŝi gestis al la unua karto. "Tiu signifas la morton. Sed ĝi estas inversigita, do tio signifas prokrastitan finon."

Ŝi eksplikis ankaŭ la du sekvajn: "La kvara de bastonoj, denove inversigita. Tio signifas mankon de apogo. La kvara de kalikoj. Tio signifas, ke aferoj estas nekonektitaj."

Tiam ŝi fermis siajn palpebrojn kaj lasis la manojn ŝvebi super la kartoj. Post kelkaj momentoj ŝi diris al mi, "Vi estas posteulo de la inundo."

Ĉapitro 6: La intervjuo, parto tri

(Chapter 6: The Interview - Part 3, p. 87)

D-ro Zamora faris multajn notojn. "Ĉu ŝi neniam diris, pri kiu inundo temas?"

"Ne. Mi esploris ĉiun gravan inundon en tiu ĉi lando kaj ankaŭ kelkajn grandajn internaciajn. Daŭre la diro ne havas sencon."

D-ro Zamora komencis sian sekvan salvon da demandoj. "Ĉu vi havas infanojn?"

"Mi havis kvar."

"Ĉu ili daŭre vivas?"

"Tri jam mortis. La kvara vivas en maljunulejo en Novjorkio. Ŝi mortas. Ŝajne mi ne heredigis tiun ĉi benon, kia ajn ĝi estas, al ili."

Mi provis ne soni kolere, sed mi estis kolera. Kolera, ke mia vivo konsistas el mensogoj. Kolera, ke mi vidis tri edzinojn kaj tri infanojn morti. Nenio doloriga pli, ol atestado de la morto de la propra infano. Eĉ kiam ili havas okdek-kelk jarojn. Eĉ se oni devas dungiĝi en maljunulejo por pasigi tempon kun ili, ĉar nedirebla estas la vero. Mi rimarkis, ke Miriam rigardas min. Ŝiaj okuloj larmas.

"Sendepende de la rilatoj, kiujn vi kreas kun homoj, vi konscias, ke tiuj mortos, kaj ke vi denove estos sola." Miriam parolis mallaŭte. Ŝi palpebrumis dum larmo falis laŭ ŝia vango. Jen iu, kiu komprenis min, finfine.

Denove D-ro Zamora ne atentis la emociojn de la momento. Li komencis demandadi plu. Pri aliaj akcidentoj, vundoj, malsanoj. La tuto daŭradis longe.

"S-ro Johanson, ĉu vi iam ajn mortis?"

"Ne laŭ mia kompreno."

"Ĉu vi aŭ iu alia iam ajn provis mortigi vin?"

Jen malsama demando. "Jes, kaj en tiu momento mi komencis vere kompreni, kiel rapide resaniĝas mia korpo. Mi povas danki la rusojn pro tio..."

Ĉapitro 7: 2015

(Chapter 7: 2015, p. 91)

Estis la jaro 2015. Mi forlasis Usonon kaj iris al Moskvo. La rusa literaturo ravis min en tiu periodo. Mi lernis la rusan lingvon kaj volis vidi Kremlon kaj ankaŭ Sankt-Peterburgon. Mi studentiĝis en la Ŝtata Universitato de Moskvo kaj komencis studi. Mi renkontis belan rusinon, kies nomo estis Galina. Se aferoj ne fariĝus frenezaj, mi supozas, ke ŝi estus mia kvara edzino.

La unuan fojon, kiam ili provis mortigi min, oni provis ŝajnigi ĝin rabo. Estis malfrue kiam Galina kaj mi forlasis nian plej ŝatatan diskotekon. Mi kuniris kun ŝi al ŝia domo kaj pluiris al mia apartamento. Kelkaj viroj alproksimiĝis kun pafiloj, petante miajn valoraĵojn. Mi ne volis problemojn. Mi donis al ili tiun kontantan monon, kiun mi havis, kaj ankaŭ mian brakhorloĝon. Unu el ili pafis min ajnokaze. Bonŝance, tiu ne bone pafis; la kuglo trapasis nur mian ŝultron. Mi ne supozis min tuj mortonta pro ĝi, do mi forkuris antaŭ ol iu povis venigi la policon.

La duan fojon, kiam ili provis mortigi min, oni venenis miajn manĝaĵojn. Estis en la restoracio Berezov. Ĝi havis la plej bonajn blinojn. Mi iris tien matene ĉiun sabaton. La kelnerino tiel bone konis min, ke ŝi salutis min per mia nomo. Sed en la koncerna sabato, la kutima kelnerino mankis. Mi mendis de iu viro. Li estis svage rekonebla, sed mi ne povis identigi lin. Post tiam, kiam li alportis mian manĝon, mi tuj rimarkis, ke ĝi ne gustas ĝuste, sed tio ne vere zorgigis min. Reveninte al mia apartamento, mia stomako kramfis kaj mi ekvomis. Estis klare, ke io misis pri la manĝo.

La lastan fojon, ili provis mortigi min per aŭta forbrulo. Mi luis aŭton por iom promeni aŭte kaj vidi pli grandan parton de la urbo. La bremsoj paneis. La aŭto kraŝis kaj la aŭto ekbrulis; ne estu tiel en ĉi tiel simpla akcidento. Dum mi lamis for de la kraŝloko kun brulvundoj sur la plimulto de mia korpo, mi konstatis, ke la viro en la luejo, la kelnero en la restoracio, kaj la pafinto estis la sama persono.

Mi pensis, ke mi simple spertas paranojon, sed vere, iu provis mortigi min. La sekvan tagon mi forflugis de Moskvo per la unua ebla itinero.

Ĉapitro 8: La eksperimentoj

(Chapter 8: The Experiments, p. 95)

Estis jam post la 19a kiam ni finis la intervjuon. Miriam kondukis min al la tria etaĝo de la konstruaĵo, kie troviĝis apartamentoj por gastoj. Mi mendis iun manĝon, duŝis min, kaj endormiĝis preskaŭ tuj. D-ro Zamora avertis min, ke la eksperimentoj de la sekva tago estos fizike elĉerpaj.

La sekvan matenon, post la matenmanĝo, Miriam venis por preni min. Ni iris per lifto al la kelo, kie troviĝis granda laboratorio. Dum la pasintaj 150 jaroj, mi malrapide eksciis pri miaj limoj kaj kapabloj. D-ro Zamora volis esplori ĉion ĉi ene de kelkaj horoj.

[43]

Ni komencis per kurado sur rultapiŝo. Ili malrapide rapidigis la aparaton. Miaj kruroj doloris min kaj miaj pulmoj brulis. Mi sentis mian koron bategi dum ŝvito amase falis de sur mia kapo, sed mi ne bezonis paŭzon. Mi sciis, ke mi kapablas pli rapide kuri.

Sekvis tion oksigen-senigado. Li metis min en tubecan ĉambreton antaŭ ol elsuĉiĝis ĉiom el la oksigeno. Mi svenis. La ĉambro komencis turniĝi. Mi ne povis spiri. Mi malrapide alplankiĝis, senespere serĉante la aeron. Mi daŭre aŭdis la sonadon de la kormonitoro. La sonado fariĝis pli kaj pli malrapida, sed neniam ĉesis.

Ni paŭzis post tio. Kvankam la eksperimentoj dolorigis min kaj elĉerpis miajn fizikajn fortojn, fascinis min la veraj datumoj pri la reago de mia korpo.

D-ro Zamora gestis al alta, metala seĝo kun alta dorso. "Mi devos zoni vin al la seĝo por la sekva serio de testoj."

"Kial?" Mi ne antaŭvidis tion ĉi.

"Ĉar ni ne scias, kiel vi reagos al doloro. Ni ne volas, ke vi vundu vin mem aŭ nin senintence." Li gestis al la seĝo.

Mi sidiĝis kaj Miriam komencis striktigi la zonojn. Ĉe mia kolo, ĉe miaj manradikoj, ĉe mia talio, ĉe miaj maleoloj. Mi apenaŭ povis moviĝi.

Dum ŝi kontrolis la striktecon la lastan fojon, ŝi flustris, "Memoru, ke vi povas haltigi tion ĉi iam ajn." Sur ŝia vizaĝo aperis vera zorgo.

D-ro Zamora alproksimiĝis kun skalpelo. Li tranĉis mian antaŭbrakon. Mi grimacis je la komenco pro la doloro, sed tiu sento rapide malaperis.

"Mirinde," li diris. "La tranĉo malaperis preskaŭ tuj." Li tranĉis denove, ĉi-foje pli profunden, antaŭ ol komenci skribi en sian kajeron.

Li glitigis sian manon sur la haŭto, kie estis tranĉoj. "Mankas eĉ cikatro."

[45]

Li frotis mian antaŭbrakon dum momento, admirante la glatecon de la haŭto. Li metis sian manon sur la mian, en la komenco tre facile. Sed kiam li atingis miajn fingrojn, li prenis mian etfingron kaj rapide turnis ĝin. Mi aŭdis la oston rompiĝi kaj ekkriis pro doloro.

"Kial vi faris tion?" Miriam kriis al la doktoro kaj paŝis ĉe min.

"Mi pardonpetas," li diris al ambaŭ el ni. "Mi bezonis, ke li ne antaŭvidu tion, por ke li ne povu pretigi sin."

La doloro ne longe daŭris. Mi komencis fermi kaj malfermi mian manon. Mi sentis la osterojn reunuiĝi en ostojn. Post malpli ol minuto ĉio estis normala, kvazaŭ nenio okazis.

"Ĉu vi bone fartas?" Miriam masaĝis mian manon dum D-ro Zamora traserĉis unu el la proksimaj tirkestoj. Li revenis kun skatolo da alumetoj.

Li ekbruligis alumeton kaj metis la flamon sur mian brakon. Miriam blovis sur la alumeton por estingi ĝin. "Sufiĉas. Ni scias pro lia rakonto, ke li kuraciĝos post fajro."

"Mi volas mem vidi tion."

"Vi ne devas partopreni." Ŝi rigardis min kun pledantaj okuloj.

"Estas en ordo." Mi ridetis mallonge al ŝi. "Mi povas toleri iom da fajro."

Li ekbruligis alian alumeton kaj tuŝis mian brakon per ĝi. Mi siblis pro la doloro. La odoro de bruligita haŭto plenigis la laboratorion. Li tenis la alumeton tie, ĝis la flamo konsumis la plimulton de la ligno. Kiel oni antaŭvidis, la bruligita haŭto fariĝis veziko, sed ene de sekundoj reglatiĝis.

D-ro Zamora rigardadis mian brakon kun granda intereso. Tuŝante la haŭton, li diris, "Absolute mirinde. La haŭto estas perfekte glata! Sen ajna cikatro."

Liaj okuloj flagris dum liaj lipoj ekformis rideton. "Mi havas ideon!"

Ĉapitro 9: Troa paŝo

(Chapter 9: A Step Too Far, p. 101)

D-ro Zamora elpaŝis el la ĉambro kaj revenis post kelkaj sekundoj kun granda tranĉilo en sia mano. "Vi havas nekredeblan kapablon regeneri aferojn, preskaŭ tuj. Mi volas provi iun teorion." Li parolis tiel rapide, ke mi apenaŭ povis kompreni. "Mi kredas, ke via regenerkapablo estas tiel rapida kaj forta, ke se ni fortranĉus ion—ekzemple, fingron— ĝi rekreskos."

Mi balancis la kapon nee. "Mi ne ŝatas tiun ideon."

"Ĉu vi iam ajn provis?"

"Ne, kaj mi ne volas."

"Fidu min. Mi certas, ke mi pravas." Li aspektis kiel senzorga sciencistaĉo, kaj en tiu momento mi tute ne fidis lin.

Miriam moviĝis por stari inter ni. "D-ro Zamora, sufiĉas. Vi ne povas detranĉi de tiu ĉi viro la fingron."

"Aŭ helpu, aŭ flankenpaŝu." Li puŝis ŝin flanken.

Mi komencis barakti kontraŭ la zonoj. "Tio ĉi estas tro por mi." Mi pugnigis miajn fingrojn. "Vi diris, ke mi povos haltigi tion ĉi iam ajn."

"Tio ĉi sukcesos. Mi certas, ke la fingro rekreskos." Li komencis premi mian manradikon, por ke miaj fingroj ĉesu pugni.

Tiam li premis mian manplaton al la apogbrako de la seĝo, apartigante miajn fingrojn per la premo. Kiam li levis la tranĉilon, Miriam kaptis lian brakon per unu mano kaj trafis lian kolon per la alia, platigita mano. La tranĉilo falis al la planko kun krakoj. Ŝi rapide prenis ĝin kaj denove staris inter mi kaj la doktoro.

"Sufiĉas!" ŝi kriis, tenante la tranĉilon antaŭ si. "Li diris, ke sufiĉas. Mi denuncos vin al la estraro. Tiu ĉi estos via lasta eksperimento."

La doktoro tenis sian kolon, anhelante kun doloro. Li rigardadis ŝin kaj poste eliris el la ĉambro.

Miriam elpoŝigis sian telefonon kaj premis kelkajn butonojn. "Ne permesu, ke D-ro Zamora foriru el la konstruaĵo." Ŝi remetis la telefonon en sian poŝon antaŭ ol turniĝi al mi. "Ĉu ĉio estas en ordo?"

"Liberigu min de tio ĉi."

Ĉapitro 10: Mimi

(Chapter 10: Mimi, p. 105)

"Estis kverko."

Mi estis jam en mia ĉambro por kolekti miajn aĵojn antaŭ ol foriri de la loko. Ju pli rapide, des pli bone. Mi eliris el la necesejo kaj trovis Miriam klinanta sin al la sofo.

"Kio?"

"La arbo ĉe via onklino Adele. Tiu estis kverko."

"Jes, verŝajne. Kiel vi scius tion?"

"Adele estas mia patrino."

Mi fiksrigardis ŝin, sorbante ŝiajn migdalajn okulojn kaj altajn vangostojn. Ŝia nazo estis kunikleca...same kiel tiu de mia patrino.

Mia patrino kaj ŝia plej aĝa fratino Adele aspektis simile. Oni ofte opiniis ilin ĝemeloj. Onklino Adele havis tri infanojn, nome Remy, Skeet...kaj Mimi...

Mi enspiris surprizite. "Mimi?"

Ŝi ridis. Ridis kiel mia patrino, ridetis kiel mia patrino. "Neniu nomis min tiel dum cent jaroj."

Jen la solvo. Ŝia rideto, ŝia rido konsistigis ian hejmon al mia esto. Larmo aperis. La granda, nevidebla ŝarĝo de soleco komencis malŝarĝiĝi.

Ĉapitro 11: Bonvenon al la familia negoco

(Chapter 11: Welcome to the Family Business, p. 107)

Ni brakumis unu la alian tre longe. Ni eliris el la loĝejo kaj komencis promeni laŭ la koridoroj. Mi bezonis respondojn. "Mimi, kiel ni daŭre vivas? Kio estas tiu ĉi loko?"

"Jen nia familia negoco."

Mi kuntiris la brovojn. "Nia familio negocas torturante homojn?"

"Ne. Tiu ĉi loko estas laboratorio, kies tasko estas trovi membrojn de nia familio, kiuj heredis la genon por longa vivo. Mi bedaŭras pro la profunda sondado de vi en la intervjuo kaj pro la doloriga testado. Sed mi devis esti certa, ke vere temas pri vi, kaj aldone certa, ke vi ja posedas la genon."

"La genon por longa vivo? Tial ni daŭre vivas?

"Jes ja. Kion vi scias pri Metuŝelaĥo?"

"Tiu ulo plej aĝa en la Biblio?"

"Jes."

"Nenion aparte, nur ke li longege vivis."

"Li vivis 950 jarojn. Li estis la nepo de Noa." Ŝi ĉesis paroli, rigardante min atente.

Tiam mi komprenis. "Noa. La arkeisto Noa. Tiu, kiu..."

"La granda inundo," ŝi diris levante la brovojn. "La onklino de Margarite sekvis bonan spuron. Ni estas liaj posteuloj. Ĉiuj el ni posedas tiun ĉi genon, sed en kelkaj el ni ĝi ŝaltiĝas, permesante al la ĉeloj preskaŭ alarme rapidan regeneradon. Tio siavice donas longegan vivon al ni."

"Do, ni ne estas senmortaj?" Mi ne sciis, ĉu mi sentis malŝarĝiĝon aŭ ne. Post 150 jaroj da vivado, mi komencis supozi, ke mi vivos eterne.

"Ni mortas, jes. La plimulto ĉirkaŭ la kvincenta vivojaro. Ekzistas iu en la aĝo 692, sed laŭ ĉiuj ĝisnunaj esploroj, tio estas escepto."

"Kio aktivigas la genon?"

"Ni ne scias. Tial tiu ĉi laboratorio ekzistas. La bona afero pri longa vivo estas, ke oni povas kolekti multe da mono kaj multe da datumoj. Ni dum jarcentoj serĉas familianojn kaj ankaŭ datumojn por kompreni la fenomenon.

"Ĉu vi scias, ke fortranĉite la vosto de salamandro rekreskas? Tiaj ni estas. Sekundon post la morto de ĉelo, la korpo regeneras identan. Do, se iu provas veneni vin, aŭ pafi vin, aŭ bruligi vin..." Ŝi paŭzis.

"En Rusujo...ĉu estis vi?"

Mimi grimacis. "Denove, mi pardonpetas. Por ke vi sciu, ni volis reenporti vin post la aŭto-forbrulo, sed vi malaperis."

"Mi pensis, ke iu provas mortigi min!"

"Vi ne eraris." Ŝi iom ridis.

"Atendu. Se li estus fortranĉinta fingron mian, ĝi estus rekreskinta?"

"Jes."

"Kial vi haltigis lin?"

"Nu, estas terure fortranĉi ies fingron."

"Tion diras la virino, kiu igis iun veneni min, pafi min, kaj bruligi min."

"Prave. Sed mi jam scias, ke ĝi rekreskus. Do science ne valoras fortranĉi ĝin. Aldone al tio, la rekreskado doloregas. Vi mem provu iun tagon."

Ĉapitro 12: Finfine hejme

(Chapter 12: A Place to Call Home, p. 111)

Ni reiris al la laboratorio. Mimi trovis la kajeron de Zamora sur la planko apud la seĝo. Ŝi rigardis la paĝojn, studante liajn notojn.

"Li kaptis multon."

"Kio okazos al d-ro Zamora? Certe li ne povos forgesi pri ĉio ĉi."

"Liaj memoroj estos forviŝitaj."

Tio ŝokis kaj konfuzis min. Mi ne ŝatis la tonon de ŝia voĉo.

"Normalaj homoj nepre ne havu aliron al tiuj ĉi informoj. Vi vidis lin. Al li, vi estas nur natura kuriozaĵo. Laboratoria rato, kiun oni povas piki kaj priesplori. Lia memoro estos forviŝita kaj ni taskigos al li alian projekton."

"Mi ne komprenas. Se vi scias, ke li estas tia, kial li laboras tie ĉi?"

"Ĉar ni bezonas freŝan perspektivon. D-ro Zamora estas brila sciencisto, eĉ se foje liaj taktikoj montras tro da fervoro." Ŝi duone balbutis al si mem dum ŝi rigardis plu la notojn. "Iun tagon li aŭ alia esploristo demandos pri io, kion ni ĝis nun ne pripensis, aŭ konektos du aferojn ĝis nun nekonektitajn. El tio venos la respondo serĉata de ni."

Ni silente laboris, ordigante la laboratorion, metante ĉion en la ĝustan lokon kaj viŝante la ekipaĵojn. Sed unu demando daŭre jukis min. "Kiel vi trovis min?"

"Ĉiu respondecas pri siaj proksimaj parencoj: gefratoj, gekuzoj, genevoj. Baze oni devas sekvi la funebraĵ-anoncojn por ekscii, kiu ankoraŭ ne mortis. Nun, danke al sociaj retejoj, estas tre simple. Kaj trovi vin estis aparte facile. Pasis pli ol cent jaroj, kaj vi ne ŝanĝis la nomon."

Mi ŝultrumis. "Mi ŝatas mian nomon."

Mimi respondis, "Kiam vi studis ĉe Tulane, vi publikigis eseon, kies temo estis la sensaciigo de voduo en la Usona kulturo."

"Ho, jes. La familio de Margarit estis tre interesa. Ŝia onklino kun ekscito dividis kun mi la historion, post tiam, kiam mi konvinkis ŝin, ke malbona spirito ne posedas min." Mi mallaŭte ridis pri la bonaj memoroj, kiuj fontis el mia kunestado kun Margarite.

"Mi konstatis, ke vi estas 90-jarulo ŝajniganta sin universitata studento." Ŝi daŭrigis: "De tiam, ni simple atentis. Rusujo estis bona loko por provi vian kuraciĝeblon. Bona loko por garantii, ke vi vere havas la genon kaj ne nur estas bonŝanculo. Kiam vi malaperis el Rusujo, ni perdis vin ĝis antaŭ kelkaj monatoj. Kien vi iris?"

[61]

"Al Sud-Ameriko" mi respondis. Mi ekloĝis en malgranda Perua vilaĝo. Kiam mia filino ekloĝis en la maljunulejo, mi revenis al Usono por kunesti kun ŝi iomete. Tiom, kiom mi povis elteni…" Mia voĉo perdiĝis.

Mimi metis sian manon sur mian ŝultron. "Mi bedaŭras. Neniam ĉio ĉi faciliĝas."

Ni pluiris al eta korto malantaŭ la konstruaĵo. Tie estis bela ĝardeno kun tabloj kaj seĝoj. Ĉio ekzistis, por ke la dungitoj kaj esploratoj povu spiri iom da freŝa aero. Dum ni promenis en la eta, ĝardena labirinto mi demandis, "Kio sekvas nun?"

"Tio dependas de vi. Vi estas bonvena tie ĉi. Viaj diplomoj certe utilos al ni en la solvado de tiu ĉi enigmo. Sed vi povas foriri, vi estas plene libera."

Foriri, ĉu? Kien mi iru? Ĉiu amato, ĉiu konato aŭ jam mortis, aŭ mortadis. Neniu hejmo al mi estis. Sed helpi al Mimi trovi niajn parencojn ŝajnis al mi nova komenco, io tro longe serĉata de mi.

English
Children of the Flood

Chapter 1: The Institute of Human Enhancement

(Ĉapitro 1: La Instituto de Homa Plibonigo, p. 13)

The sign on the front of the building said: The Institute of Human Enhancement. It was a plain brick three-story building that sat about 300 meters from the street. The long driveway was lined with trees.

I walked into the lobby. It was a combination of high tech and cozy. Shades of blue mixed with metals. There were flat screen TVs showing videos of beautiful people smiling, running, playing. I gave my name to the receptionist and sat down in one of the recliners. After reading three brochures I still had no idea what the Institute for Human Enhancement was or how they could help me.

The letter I received three weeks ago was almost as generic and non-descript as the building. Most of it was filled with the same empty propaganda as the brochures, but the opening sentence captured my interest. It read: "Have you been blessed with a long and remarkably healthy life? If so, we'd like to hear from you." Maybe I was reading too much into it, but they seemed to know my secret. If that was true, then maybe they had answers too.

A door to the right of the receptionist desk opened and two people walked into the lobby.

A man in a white lab coat walked toward me, hand extended. "Mr. Johanson, I'm Dr. Robert Zamora." We shook hands. He turned to introduce the woman next to him. "This is my assistant, Miriam Vega."

Dr. Zamora looked like a stereotypical scientist: glasses, white lab coat, sharp angular features. He spoke with a fast cadence as his eyes darted around, taking in every detail. Miriam was different; she was softer. She smiled as she shook my hand. Her manner was warm and relaxed. There was a hint of familiarity that felt out of place in this sterile facility.

I followed the pair down a long narrow hall. We entered a room. There was a table, several chairs, and a camera on a tripod. On the table was a pitcher of water and four glasses. Dr. Zamora offered me the chair opposite the camera. He poured a glass of water and sat at the table across from me.

Miriam took a place behind the camera. She nodded to Dr. Zamora. "Everything is ready here."

Dr. Zamora looked at me. "First, we're going to ask you a lot of questions. They will probably take up most of the day. We'll monitor you sleeping, then tomorrow we'll go into the lab and run a few tests."

I replied, "Okay."

"If you're ready, we'll start." He nodded to Miriam. She pressed a button on the camera and the red record light started blinking.

Chapter 2: The Interview - Part 1

(Ĉapitro 2: La intervjuo, parto unu, p. 17)

Dr. Zamora began. "The date is Tuesday, April 7, 2048. Please state your full name for the record."

I replied, "Donovan Frederick Johanson."

"Please confirm that you are here on your own free will. You have not been coerced, threatened, blackmailed, or bribed."

"Yes, I am here on my own free will."

"During your time here at The Institute of Human Enhancement you will participate in a series of interviews and undergo extensive testing. They will include blood samples, DNA specimen, and testing the boundaries of your physical limitations. Do you consent to these tests?"

"Yes, I do." I wasn't comfortable with the extent of this testing, but I needed answers and Dr. Zamora could help me find them.

Dr. Zamora continued. "And we all understand that you are free to stop this process at any time."

"Yes."

"Can you answer that fully?"

"Yes, I understand that I can stop this at any time."

"Thank you, Mr. Johanson. Please state your date of birth.

"May 23, 1899."

Miriam interrupted, "Excuse me, do you mean 1999?"

"No, I mean 1899." It felt strange to say that out loud. I couldn't remember the last time I told someone my real birthday.

She frowned and laughed uneasily. "That means you are almost 150 years old."

"Yes," I said flatly.

Her eyes widened. She looked at Dr. Zamora. "How is that possible?"

"That is what we're trying to find out." He was slightly annoyed. "I take it they didn't explain to you the details of this study?"

She opened her mouth to speak, thought for a moment, then replied, "I'm sorry for interrupting."

Dr. Zamora turned his attention back to me. "To your knowledge have you or your parents ever participated in any type of scientific experimentation, technological or genetic?"

"No, not to my knowledge."

"Have you ever taken any experimental drugs."

"No."

"Were your parents involved with anything like witchcraft or sorcery?"

"No."

"Any stories or tales of alien abduction?"

"No."

He continued to grill me with questions for almost an hour. Probing for anything unusual or experimental that could explain my longevity.

Then he asked, "When did you first realize that you weren't aging?"

Chapter 3: 1954

(Ĉapitro 3: 1954, p. 21)

The year was 1954. My first wife, Edna, and I were both in our mid-fifties. She of course looked like a typical person in their fifties . . . a little gray hair, a few wrinkles, a few extra pounds. I, on the other hand, looked like I was twenty-five. It was something we often joked about, but at the time I had no reason to think something was wrong.

My whole life, I thought I was just lucky. I never had any illness more severe than a small cold. A couple of minor injuries here or there, but they always healed quickly. I had the energy and stamina of a man half my age.

One night Edna and I went out to listen to a band play. It was in this small, overcrowded, hole-in-the-wall place. People were shoulder to shoulder. Dancing. Drinking. A little more rambunctious than what I was used to, but we were having a good time. Until I bumped into some guy so hard, he spilled his drink.

He was already a little drunk and fairly belligerent and that was all he needed. He wanted to start a fight with me. What you're looking at right now is basically the same person I've been for 150 years. I'm not a fighter. And back then I didn't even have the benefit of experience to get out of the situation. He beat me really bad.

Edna wanted to call the police. I just wanted to go home. It was awful. One eye was swollen, my lip was busted, and I think he may have cracked a rib. We took a cab home. By the time we got there, I was already feeling better. But I didn't want Edna to know so I kept pretending to be hurt. The next morning, I couldn't hide it. I was fine. No marks. No bruises. No scars. Nothing. It was like it never happened.

That was the beginning. That's when I realized that it was more than just looking young. I wasn't getting any older. Ten years later, my Edna was dead, and I was still twenty-five.

Chapter 4: The Interview - Part 2

(Ĉapitro 4: La intervjuo, parto du, p. 25)

I took a few sips of water. I hadn't thought about Edna in years . . . almost 100 years. She was my first love. That was back when I thought I was normal. Our relationship was normal. Everything was normal until it came time to admit that it wasn't. Once I realized there was something wrong with me—something different about me—there would be no more normal. After Edna, my life became a lie.

"Tell me about your parents." My pensive mood was lost on Dr. Zamora.

"My family was positively unremarkable. My father was from France. He moved to Canada in 1886. He met my mother. She was a freed slave. They got married. He worked in an office, but I don't remember what kind of work he did."

"Are your parents still alive?"

"No. My father died in an accident in the late 1930s. My mother died at the age of ninety."

"Do you have siblings?"

"I have two younger brothers. My father had two kids with his mistress."

"Are any of them still alive?"

"No, they are all dead."

"What about your cousins?" Miriam chimed in from behind the camera.

Dr. Zamora was irritated at the interruption. I was confused. "My cousins?"

"Yes, did your mom have sisters?" She looked hopeful, then hastily added, "Or brothers?"

"Both of my parents had siblings. I don't know much about my father's family. He lost touch. My mother had three sisters." I smiled. I hadn't thought much about my childhood for many years.

"Aunt Adele was her oldest sister. I remember there were a few summers we would go to her house and play. She had a big tree in her back-yard. A maple or perhaps sycamore tree. It had a swing tied to it. We would climb the tree and play on the swing. She had three kids, Mimi, Remy, and Skeet. We would play for hours in the creek behind their house."

"What happened to them?"

"Aunt Adele died before my mom did. I'm not sure what happened to her kids." Sadness overcame me. I can't believe that I had completely forgotten about them. I suppose after 150 years many memories start to fade.

"Where's the restroom?"

Dr. Zamora was busy scribbling in his notebook. "Miriam, can you show him?"

She cut off the camera and led me out of the room. We started chatting as we walked down a long hall.

"Adele, that's a beautiful name."

I replied, "My aunt was a beautiful woman. You remind me of her."

Miriam smiled. She pointed to the restroom door. "When you come out, it's a right turn. Then two left turns to get back to the room."

I returned to the room and settled back into my seat. A few sips of water and I was ready to go.

Dr. Zamora hadn't moved. He'd been in the same spot writing the whole time I was gone. When he saw I was ready, he nodded to Miriam to start recording.

"Has anyone ever presented you with evidence or theories about the source of your long life?"

I thought for a moment. "There was that time in New Orleans."

Chapter 5: 1989

(Ĉapitro 5: 1989, p. 29)

The year was 1989. I had just finished college . . . My third time. I had developed a fascination with Afro-Haitian religion; Voodoo as it's sometimes called. I thought Tulane University in Louisiana would be a good place to study. I liked it so I stayed a bit after graduation. I opened a business and met a beautiful woman named Margarite. She would later become my third wife.

One weekend I accompanied Margarite on a visit to her aunt, who ran a voodoo shop in the village. Candles, herbs, drums, dolls, and such. Margarite introduced us. Her aunt stopped what she was doing and stared at me for a long time. Finally, she said, "Be careful with this one, he is not what he seems."

Margarite laughed. "Aunty, how can you say that, you haven't even looked at his hands yet."

I didn't understand what she meant. Margarite explained, "Aunty has a gift. She can read palms."

Her aunt shrugged. "A gift, a curse who knows? It's passed through the women in our family."

Margarite laughed. "It skipped me. I think my cousin Reina is the lucky winner of my generation."

Her aunt scoffed. "Lucky is not quite the word I'd use." She held her hands out to me and said, "Well, give me your hands boy, let me see what we're working with."

She looked at my palm. The longer she stared the more furrowed her brows became. When she finally looked at me there was deep concern in her eyes. She cautiously lowered my hand and started backing away from me. "I'll have to finish this another time. My head has been bothering me and I'm not getting a clear picture." I could tell she was lying.

Margarite was concerned. "Are you okay?"

"Yes dear, it's just been a long day and I'm having a little trouble focusing," her aunt continued to lie.

So, we left, but the next day I made my way back to the shop.

When I walked in the door, she didn't need to turn around. She greeted me. "The great deceiver, I knew you'd be back."

I didn't understand. I asked, "Why do you call me that?"

"Your face tells one story—a short one. But your soul tells many, many more."

I paused, debating on whether or not to press the issue. She obviously saw something in me and I needed to know what. "What did you see when you looked at my palm?"

[83]

"Nothing of consequence. Palm reading is not an exact science. Sometimes a line is just a line."

More lies.

"Please . . . I need answers."

She reached for my hand. She ran her fingers along the lines on my palm. Her touch was light and soft. I could feel the energy flowing. Her voice was just above a whisper. "You have an unusually long life line. Unnaturally long."

"Why?"

"You don't know?"

I shook my head. "I have no idea."

"I can't tell just from looking at your hand." She sighed and ran her fingers through her hair. She had more to offer me but she was holding back. I sensed fear.

I tried another approach and said, "I don't know why I'm like this. I don't know if it's a gift or a curse. I need to understand it."

She gestured to the table in the corner. "Let's see what the cards have to say."

We sat across from one another and I watched her methodically shuffle a deck of tarot cards. She slid the deck my way and said, "Cut." I cut the deck. She restacked the cards, then spread them into a semi-circle. She pulled three cards.

She pointed to the first card. "That card means death. But it's upside down, so it means a delayed ending."

She explained the next two: "Four of wands, again reversed. It means a lack of support. Four of cups. It means there's a disconnectedness."

Then she closed her eyes and let her hands hover over the cards. After a few moments she said to me, "You are a descendant of the flood."

Chapter 6: The Interview - Part 3

(Ĉapitro 6: La intervjuo, parto tri, p. 35)

Dr. Zamora was taking a lot of notes. "And she never said what flood?"

"No. I have researched every major flood in this country and some big ones around the world. It never made sense."

Dr. Zamora began his next barrage of questions. "Do you have any children?"

"I had four children."

"Are they still alive?"

"Three are dead. The fourth one is in a nursing home in New York. She's dying. Apparently, I did not pass on whatever this 'gift' is to them."

I try not to sound angry, but I am. Angry that my life is a lie. Angry that I watched three wives and three children die. Nothing hurts more than watching your child die. Even if they are in their eighties. Even if you have to get a job at a nursing home so you can spend time with them because you can't tell them the truth. I catch Miriam looking at me. Her eyes are wet.

"No matter what relationships you form, you know they will die and you will be alone again." Miriam spoke softly. She blinked and a tear ran down her cheek. Finally, someone who understood me.

Another moment was lost on Dr. Zamora. He began peppering me with more questions. Asking about other accidents, injuries, diseases. It went on and on.

"Mr. Johanson, have you ever died?"

"Not that I can say."

"Have you or anyone else tried to kill you."

Now that was a different story. "Yes, and that is when I started truly understanding how fast my body heals. I have the Russians to thank for that . . ."

Chapter 7: 2015

(Ĉapitro 7: 2015, p. 39)

The year was 2015. I left America and went to Moscow. I had developed a fascination with Russian literature. I learned to speak Russian and wanted to see the Kremlin and St. Petersburg. I enrolled in Moscow State University and started taking classes. I met a beautiful Russian woman named Galina. I suppose if things had not become so crazy, she would have been my fourth wife.

The first time they tried to kill me it was supposed to look like a robbery. It was late when Galina and I left our favorite night club. I had just dropped her off at her house and was walking back to my apartment. Some guys walked up with guns and demanded my stuff. I didn't want any trouble. I gave them whatever cash I had and my watch. One of them shot me anyway. Fortunately, the guy was really a bad shot and it went through my shoulder. I didn't think I was going to die so I ran, before someone could call the cops.

The second time they tried to kill me was food poisoning. There was a restaurant called Berezov's. They had the best blini. I went there every Saturday morning. The waitress knew me by name. This particular Saturday the usual waitress wasn't there. Some guy took my order. He looked vaguely familiar but I couldn't place him. When he brought my food, it didn't quite taste right but I didn't think much of it. By the time I got back to my apartment I had stomach cramps and started throwing up. It was pretty obvious that there was something wrong with what I just ate.

The last time they tried to kill me was a car fire. I rented a car to go for a drive and see more of the city. The brakes went out on the car. I crashed and the car caught fire; not something that should have happened on such a simple accident. As I was limping away from the scene, burns on most of my body, I realized the man at the car rental office, the waiter at the restaurant, and the guy who shot me were the same person.

I thought I was just being paranoid, but there really was someone trying to kill me. The next day I took the first flight out of Moscow.

Chapter 8: The Experiments

(Ĉapitro 8: La eksperimentoj, p. 43)

It was after 7:00 p.m. when we finally finished. Miriam took me to the third floor of the building where there were apartments set up for overnight guests. I ordered food, showered, and fell asleep almost instantly. Dr. Zamora had warned me that the experiments the next day would be physically exhausting.

The next morning, after breakfast, Miriam picked me up. We took the elevator to the basement where there was a large laboratory. Over the past 150 years, I had slowly learned about many of my limitations and abilities. Dr. Zamora sought to explore all of those things in a matter of hours.

We started on the treadmill. They slowly increased the speed. My legs were hurting and my lungs were burning. I could feel my heart pounding and sweat was pouring from my head, but I didn't need to stop. I knew I could go faster.

Next was oxygen deprivation. He put me into a tubular chamber and sucked out all of the oxygen. I grew light-headed. The room started spinning. I couldn't breathe. I sank to the floor, desperately grasping for air. I could still hear the beeping of the heart monitor. The beeping got slower and slower but never stopped.

We took a break after that. As painful and physically draining as the experiments were, I was fascinated to see actual data on my body's responses.

Dr. Zamora pointed to a tall, high-backed metal chair. "I'm going to need to strap you down for these next set of tests."

"Why?" I wasn't expecting this.

"Because we don't know how you will respond to pain. We wouldn't want you hurting yourself or one of us unintentionally." He gestured towards the chair.

I took a seat and Miriam began to tighten the restraints. My neck, my wrists, my waist, my ankles. I could hardly move.

As she was doing a final check she whispered, "Remember, you can stop this at any time." There was genuine concern on her face.

Dr. Zamora approached me with a small scalpel in his hand. He made a slice across my forearm. I winced at the initial pain but the sensation quickly faded.

"Amazing," he said. "The cut disappeared almost instantly." He cut me again, deeper, then started writing in his notebook.

He ran his hand over the place where the cuts were. "There's not even a scar."

He rubbed my forearm for a minute, admiring the smoothness of the skin. His hand slid down over my hand, gentle at first. But when he reached my fingers, he took my pinky finger and snapped it back quickly. I heard the bone cracking and screamed out in pain.

"Why did you do that?" Miriam yelled at the doctor and stepped to my side.

"Sorry," he apologized to us both. "I needed that to be unexpected so he couldn't brace for it."

The pain was brief. I start to open and close my hand. I could feel pieces of bone reuniting. In less than a minute it was like nothing happened.

"Are you okay?" Miriam was massaging my hand as Dr. Zamora searched through one of the nearby drawers. He returned with a book of matches.

He lit a match and started to place the flame on my arm. Miriam blew out the match. "That's enough. We know from his story that he'll heal from fire."

"I want to see for myself."

"You don't have to do this." She looked at me. Eyes pleading.

"No, it's fine." I flashed a brief smile. "I can handle a little fire."

He lit another match and touched my arm. I hissed at the pain. The smell of charred skin filled the lab. He held the match there until the flame burned most of the stick. As expected, the skin blistered then turned smooth in a matter of seconds.

Dr. Zamora stared at my arm, fascinated. Touching the skin, he said. "Absolutely amazing. The skin is completely smooth. No scarring whatsoever."

His eyes lit up as a small smile played across his lips. "I have an idea!"

Chapter 9: A Step Too Far

(Ĉapitro 9: Troa paŝo, p. 49)

Dr. Zamora walked out of the room and returned within seconds holding a large knife. "You have an amazing ability to regenerate . . . almost instantaneously. I want to test a theory." He was talking so fast I could barely understand. "I think your ability to regenerate is so fast and so strong that if we cut something off – like a finger – it will grow back."

I shook my head. "I don't like that idea."

"Have you ever tried it?"

"No and I don't want to."

"Trust me. I know I'm right." He had this wild eyed, mad scientist look that told me to definitely not trust him.

Miriam moved to stand between us. "Dr. Zamora, that's enough. You cannot cut this man's finger off."

"Either help me or get out of the way." He pushed her to the side.

I started struggling against the restraints. "This is more than what I want to do." I curled my fingers into a fist. "You said I could stop at any time."

"This will work. I'm sure it will grow back." He began applying pressure to my wrist, forcing my fingers to release.

He pressed my palm flat on the arm rest, fingers splayed. As he lifted the knife, Miriam grabbed his arm with one hand and chopped him in the neck with the side of her other hand. The knife clattered on the floor. She picked it up quickly and again stood between me and the doctor.

"That's it!" she shouted holding the knife in front of her. "He said he's done. I am reporting you to the board of directors. Consider this your last experiment."

The doctor was holding his neck, gasping for air. He glared at her then left the room.

Miriam took out her cell phone and pressed a few buttons. "Don't let Dr. Zamora leave the building." She put the phone back in her pocket and turned to me. "Are you okay?"

"Get me out of this thing."

Chapter 10: Mimi

(Ĉapitro 10: Mimi, p. 53)

"It was an oak tree."

I had returned to my room and was collecting my things. I could not leave that place fast enough. I came out of the bathroom and found Miriam leaning against the sofa.

"What?"

"The tree at your Aunt Adele's house, it was an oak tree."

"Yes, I suppose so. How would you know that?"

"Adele was my mother."

I stared at her, taking in her almond eyes and high cheek bones. Her rabbit shaped nose . . . just like my mother's nose.

My mother and her oldest sister, Adele, looked alike. They were often mistaken for twins. Aunt Adele had three children Remy, Skeet . . . and Mimi. . . .

I gasped. "Mimi?"

She laughed, my mother's laugh, my mother's smile. "No one has called me that in a hundred years, literally."

And there it was. Seeing her smile and hearing her laugh felt like home. A tear escaped. The unseen weight of loneliness was lifted.

Chapter 11: Welcome to the Family Business

(Ĉapitro 11: Bonvenon al la familia negoco, p. 55)

We hugged for a long time. We left the residential area and started wandering the halls. I needed answers. "Mimi, how are we still alive? What is this place?"

"This is our family business."

I frowned. "Torturing people is our family business?"

"No. This is a research lab dedicated to finding members of our family who have inherited the longevity gene. And I am sorry for the intrusive interview and painful testing, I had to be sure it was you and you did in fact possess the gene."

"The longevity gene? That's the reason we're still alive?"

"Yes. What do you know about Methuselah?"

"The oldest guy in the bible?"

"Yes."

"Nothing really, just that he lived a very long time."

"He lived for 950 years. He was the grandson of Noah." She stopped talking, looking at me expectedly.

And then I got it. "Noah. As in Noah's ark. As in..."

"The great flood," she raised her eyebrows. "Margarite's aunt was on to something. We are his descendants. We all possess this special gene but there are a few of us that, when this gene is triggered, it allows our cells to regenerate at an alarming rate, giving us an unusually long life."

"So we're not immortal?" I couldn't tell if I was relieved or not. After 150 years I was beginning to assume that I would live forever.

"No, we're not immortal. Most of us live to be around 500 years old. Although there is someone who is 692, but as far as we can tell, that's an anomaly."

"What triggers this gene?"

"We don't know. That is what this research facility is about. The beauty of living a long time is you are able to accumulate a lot of wealth and a lot of data. We've been looking for family members and collecting data for hundreds of years trying to understand it.

"Did you know that if you cut off a salamanders tail it will grow back? That's us. The second a cell is destroyed it starts to regenerate. So if someone tries to poison you, or shoot you, or set you on fire. . ." She paused.

"Russia . . . That was you?!?"

Mimi cringed. "Again, I am sorry. For the record, we wanted to bring you in after the car fire but you disappeared."

"I thought someone was trying to kill me!"

"You weren't wrong." She let out a small laugh.

"Wait, you mean if he had cut off my finger, it would have grown back.

"Yep."

"Why did you stop him?"

"Because cutting off someone's finger is a horrible thing to do."

"Says the woman who had me poisoned, shot, and set on fire."

"Fair point. But I already know it will grow back. So, there's no scientific value to us to cut it off. Plus, it hurts like hell growing back. You can try it yourself one day."

Chapter 12: A Place to Call Home

(Ĉapitro 12: Finfine hejme, p. 59)

We had made our way back to the lab. Mimi found Zamora's notebook on the floor near the chair. She flipped through the pages, studying his notes.

"He was very insightful."

"What's going to happen to Dr. Zamora? Surely he is not going to let this go."

"His memory will be erased."

I was shocked and confused. I did not like the edginess of her tone.

"Normal humans cannot be allowed access to this information. You saw him. To him you're nothing more than a freak of nature. A lab rat to poke and prod. His memory will be erased and he'll be assigned to another project."

"I don't understand. If you know he's like that then why does he work here?"

"Because we need fresh eyes. Dr. Zamora is a brilliant scientist, even if he does get over zealous in his tactics." She was half mumbling to herself as she continued looking at his notes. "One day he, or another one of the researchers, is going to ask the question we haven't asked, or make a connection we haven't seen and that will be the answer we've been looking for."

We worked in silence straightening the lab, putting things back in their place and wiping down the equipment. There was still one question nagging me. "How did you find me?"

"Everyone is responsible for keeping up with their immediate family members - siblings, cousins, nieces and nephews. Basically, watch the obituaries, see who hasn't died yet. Now, thanks to social media, it is super simple. You were especially easy. Over a hundred years and you've never changed your name."

I shrugged, "I like my name."

Mimi responded, "When you were at Tulane, you published an essay about the sensationalism of voodoo in American culture."

"Ah yes. Margarite's family was very fascinating. Her aunt was excited to share their story...once I convinced her I wasn't possessed by an evil spirit." I laughed quietly at the fond memories of my time with Margarite.

"I realized you were a ninety-year-old pretending to be a college student." She continued, "From there we kept watch. Russia was a good place to test your healing abilities. Ensure you really had the gene and weren't just some lucky schmuck. Once you disappeared from Russia, we lost track of you until a few months ago. Where did you go?"

I replied, "South America. I settled down in a small village in Peru. When my daughter went into the nursing home, I came back to the states to be with her for a bit. As much as I could..." My voice trailed off.

Mimi put her hand on my shoulder, "I'm sorry. It never gets easier."

We had made our way to a small courtyard behind the building. A beautiful garden with tables and chairs for the employees and research subjects to get some fresh air. As we walked along the small maze garden, I asked, "So what now?"

"That's up to you. You're welcome to stay here. With all of your degrees you can help us solve this puzzle. But you're also free to go."

Go? I didn't have anywhere to go. Everyone I had ever known or loved was dead or dying. There was no place for me to call home. Helping Mimi find our family felt like an overdue fresh start.

Bonus story

Taken from Short Stories in Esperanto Volume 2

La sorĉita arbaro

(The Enchanted Forest, p. 125)

"Kvindek mil? Ĉu vere? Jen multe da mono kontraŭ simpla spurado." Roger sidis malrekte sur sia seĝo kun la kapo en siaj manoj. Liaj okuloj iradis tien-reen inter la du figuroj, kiuj sidis kontraŭ li ĉe la tablo.

Chaz klinis sin antaŭen. "Jes, estas multe. Sed la afero estas iom subtila, kaj ni devas solvi ĝin rapide."

Dylan aldonis, "Estis malfacile teni ĉion ĉi for de la gazetaro, sed estis atako pasintnokte sur nia tereno."

Roger rektiĝis. "Atako, ĉu vere? Kia atako?"

"Ni ne certas." Dylan kaj Chaz nervoze rigardis unu al la alia.

"Ĉu besto atakis?"

"Eble," diris Chaz.

"Eble, ĉu vere? Vidu, kvankam la pago allogas min, mi ne volas malŝpari mian tempon per la spurado de bestoj en la arbaro. Kial vi ne simple dungu kelkajn lokanojn, ili povos solvi la aferon, ĉu ne?"

"La lokanoj ne eniros la arbaron. Ili kredas, ke ĝi estas..." Dylan gapis dum li serĉis la ĝustan vorton, parte frostiĝinte. "...sorĉita."

"Sorĉita, ĉu?"

"Jes, sorĉita. Plena je elfoj, centaŭroj, feoj, troloj, ktp." La vortoj ŝutiĝis el lia buŝo.

Roger estis parte privata detektivo, parte laŭmenda persekutisto. Li montriĝis aparte kapabla kaj en la trovado de homoj, kiuj ne volis malkovriĝi kaj en la eksplikado de aferoj, kiuj defiis la menson. Li estis preta iri tien, kien multaj ne iris. De tempo al tempo, oni vokis al li por trakti ion kuriozan...eksterteranojn, sorĉistinojn, iun mitan estaĵon. Sed li ne kredis je tiaj aferoj.

Li suspiris kaj ekstaris. "Absurde. Mi bedaŭras, ke via projekto estas minacata per ies deziro fermi ĝin. Vi sciis, ke homoj ne ŝatos vian faligadon de arboj kaj detruadon de sovaĝaj bestoj. Sed analizu la faktojn— jen atakoj de bestoj, jen sorĉita arbaro—ŝajnas al mi, ke la lokanoj volas forpeli vin."

"Roger! Respekton, mi petas." Chaz levis sian manon por silentigi lin. "Vi scias, ke mi ne vokus vin, se io serioza ne estus." Chaz, tamen, ne rigardis al li en la okulojn.

Roger sidiĝis kaj krucis siajn brakojn. "Kion vi ne raportas?"

Dylan aspektis naŭzite. Li glutis kaj daŭrigis la rakonton, kiun komencis lia partnero. "Kvar viroj mortis pasintnokte."

"Ĉu pro atako de besto?"

Chaz metis sian telefonon sur la tablon antaŭ Roger por montri al tiu fotojn. "Du viroj estis tretitaj ĝis morto." Li ŝanĝis la foton sur la ekrano. "Jen alia viro, kiu estis ĵetita en arbon. Li mortis antaŭ ol ni povis mallevi lin. Li kriadis pri iu ruĝokula besto." Li ŝanĝis la foton denove. "Jen plia. Io truis lian bruston. Kio povus trui la bruston de viro tiel? Vi mem respondu..."

La unuaj fotoj estis sangoplenaj kaj teruraj. Roger bone konis perforton kaj povis bone toleri ĝin. Sed tiu lasta foto...sur ĝi la viro havis truon, kiu rekte trairis la bruston. Ĝi estis tute ronda, ne kiel kreus eksplodo de kartoĉo aŭ penetro per metala fosto. Ŝajnis, ke lasero boris brulige lian tutan korpon.

Roger prenis la telefonon. Li pligrandigis ĝin kaj malpligrandigis ĝin. Li manipulis la foton per la ekrano kaj turnis la ekranon. "Mi neniam vidis beston fari ion ajn tian." Li rigardis la du virojn per okuloj intensaj kaj fokusitaj. "Portu min tien."

La sceno estis ĥaosa kaj konfuza. Estis hufspuroj, rompitaj branĉoj, kaj sango. Multe da sango. Chaz sugestis, ke eble kulpas virbovo. Roger ne akceptis tiun klarigon, eksplikante, ke virbovoj tre malofte kuras en arbaroj. Nur unu afero klarigis logike: iu rajdis grandan beston, portante armilon. Kvankam Roger estis bona en la spurado de bestoj, li eĉ pli bone spuris homojn.

Roger rigardis en la arbaron. Estis facile trovi la spuron. Estis grandaj, evidentaj piedspuroj, tretita vepro, kaj pli da sango. Ŝajnis, ke la koncernato ne volis kaŝi sin. En la menso de Roger, tio pruvis lin eĉ pli danĝera. Normale, la spurado de io ĉi tiel danĝera stimulus lin—evidente, temus pri taŭga kontraŭulo— sed ju pli profunden li iris en la arbaron, des pli malkvieta li fariĝis.

Eble la lokanoj pravis; eble la arbaro estis sorĉita. La suno brilis tra la branĉojn, briligante ĉion. La koloroj estis strangaj; ili estis pli helaj kaj buntaj, ol li iam ajn vidis. Estis strangaj plantoj, kuriozaj rokoj, kaj li ne povis identigi eĉ unu arbon, eĉ post horo da promenado. La sonoj konsternis lin plej multe. Li sciis, kiel blekis sciuroj, cervoj, kaj birdoj en normala arbaro, sed ĉi tie nekutimaj sonoj konstante distris lin. Klakoj, muĝoj, snufoj. Li ne sciis, ĉu ili venis de proksime aŭ malproksime, de super li aŭ sub li. Li estis tute malorientita.

Tial li fikse rigardis la sangospuron.

Ĝi kondukis lin supren laŭ kresto. En la distanco estis maldensejo; li povis aŭdi la moviĝadon de akvo. Alproksimiĝante li vidis du figurojn, kiuj alfrontis rivereton. Unu estis homo de kutima alto kun maldika korpo. Ĉu virino? La alia figuro estis la plej granda nigra ĉevalo, kiun Roger iam ajn vidis. Malgraŭ ĉiuj aŭditaj sonoj, li vidis nur ĉi tiujn figurojn ekde sia eniro en la arbaron. Ĉu eble li serĉis ilin?

Inter li kaj la paro estis kelkaj arboj. Li mallaŭte alproksimiĝis, irante de arbo al arbo. Lia originala plano estis mortigi la beston kaj kapti la homon. En ĉi tiu arbaro, tamen, nenio ŝajnis ĝusta, do ankaŭ ne tio. Pripensante sian sekvan agon, li rapide alproksimiĝis ĝis li paŝis sur branĉon. Ĝi laŭte krakis.

La virino turnis sin kaj rigardis rekte en la okulojn de Roger. Ŝi estis la plej bela estaĵo, kiun Roger iam ajn vidis. Ŝia haŭto estis iom verda, ŝiaj okuloj havis la koloron de mielo, kaj ŝiaj haroj estis plektitaj en longan, kupran plektaĵon, kiu kuŝis sur ŝia ŝultro. Ŝi estis maldika kaj muskola. Ĉiuj trajtoj ŝiaj estis akraj kaj angulaj, sed samtempe ili estis mildaj kaj elegantaj, precipe ŝiaj pli altaj, pintaj oreloj.

Lia ĉeesto surprizis ŝin, sed ŝia esprimo rapide ŝanĝiĝis de surprizo al kolero. "Nu hon!" ŝi kriis, gestante per sia fingro al Roger.

Laŭ ŝia ordono la ĉevalo turnis sin. Ĝiaj naztruoj pligrandiĝis, dum ĝiaj ruĝaj okuloj celis Roger. La besto ekkuris. Roger hezitis iom tro longe, konfuzite de vidaĵo. Tio estas korno, ĉu ne?

La besto rapide movis sin. Roger provis forkuri, sed faligis lin sur la vizaĝon radiko de arbo. Li turnis sin ĝustatempe por vidi la baŭmon de la besto. Ĝiaj grandaj hufoj falis sur la teron, kaptante la korpon de Roger inter si. La ĉevalo mallevis sian kapon. La okuloj de Roger larĝiĝis dum li rigardis la longan, solan kornon super sia brusto. Kredeble ĝi estis eburo, sed tiel proksime, Roger rimarkis, ke ĝi estis ruĝa. Sange ruĝa.

The Enchanted Forest

(La sorĉita arbaro, p. 117)

"$50,000? That's a lot of money for a simple tracking job." Roger was slouching in his chair, his head resting in one hand. His grey eyes darted between the two men across the table.

Chaz leaned forward, "We know, but this is delicate and needs to be handled quickly."

Dylan chimed in, "It's been a challenge to keep this out of the news, but there was an attack at our worksite last night."

Roger straightened up. "Attack? What kind of attack?"

"We're not exactly sure." Dylan and Chaz exchanged nervous glances.

"An animal?"

"Maybe," Chaz replied.

"Maybe? Look, while the money sounds good, I don't feel like wasting my time tracking animals in the forest. Why don't you hire a few locals to handle this?"

"The locals won't go into the forest. They think it's..." Dylan's mouth hung open, frozen, as he tried to find the right word, "...enchanted."

"Enchanted?"

"Yes...enchanted...you know elves-centaurs-fairies-trolls, et cetera." The words came tumbling out.

Roger was part private detective and part bounty hunter. He specialized in finding people who didn't want to be found and uncovering explanations for the inexplicable. He was willing to go places other people wouldn't go. Every now and then he would get a call for an odd case...aliens, witches or some mystic beast. He didn't believe in that stuff.

He sighed heavily and began to stand. "That's ridiculous. I'm sorry your little project is in jeopardy of being shut down. You knew people wouldn't support you tearing down the trees and destroying the wild life. Animal attacks...enchanted forest...sounds like the locals are saying 'Get Out'."

"Roger, please." Chaz held his hand up, "You know I wouldn't have called you if it wasn't serious." Chaz wouldn't make eye contact.

Roger sat down; arms crossed. "What aren't you telling me?"

Dylan looked nauseous. He swallowed hard then picked up where his business partner left off, "Four men died last night."

"From an animal attack?"

Chaz set his cell phone on the table in front of Roger, showing him pictures. "Two men trampled to death." He swiped the screen. "Another man, thrown into a tree. He died before we could get him down, screaming about some red-eyed beast." He swiped the screen again. "And this one, impaled through the chest. You tell me what makes a hole like that in a man's chest?"

The first pictures were gruesome and bloody. Roger was no stranger to violence; he could handle it. But the last picture...The man had a hole that went completely through his chest. It was perfectly round, not ragged like a shot gun or a metal bar. It was as if a laser had burned through his body.

Roger took the phone. He zoomed in and out, swiping and rotating the screen, studying the picture. "I've never seen an animal do anything like that." He looked at the two men, his eyes intense and focused. "Take me to the scene."

The scene was chaotic and confusing. Large hoof prints, broken tree branches, and blood, lots of blood. Chaz had suggested a bull. Roger dismissed that, explaining how unlikely it was to have a bull running around the forest. There was only one logical explanation, a person on a large animal with some kind of weapon. While he was good at tracking animals, he was even better at tracking people.

Roger started into the forest. It was easy to pick up the trail. There were large and obvious footprints, trampled brush, and more blood. It was like the person didn't care about being found. In Roger's mind, that made them even more dangerous. Under ordinary circumstances tracking someone this vicious would give him a rush of adrenaline - surely they would prove to be a worthy adversary - but the deeper he went into the forest the more uneasy he became.

Perhaps the locals were right and the forest was enchanted. The sun shone through the trees making everything glow. The colors were odd; they were brighter and more vibrant than he could recall ever seeing. There were strange plants, odd rock formations, and after an hour of walking, he had yet to spot a tree he could name. The sounds were the most disturbing. He knew what squirrel, deer, and birds sounded like in a normal forest, but here, there were unusual sounds constantly distracting him. Clicking, rumbling, snorting. He couldn't tell if they were near or far, over head or under foot. He felt disoriented.

So, he kept his eyes focused on the blood trail.

It led him up a small ridge. In the distance, there was a clearing; he could hear water. As he drew nearer, he saw two figures facing a stream. One was a person, average height, slender build, perhaps a woman. The other figure was the largest black horse Roger had ever seen. Despite all of the noises he heard, these two were the first sign of life he'd seen since entering the forest. Could they be who he was searching for?

There were few trees between him and the pair. He quietly worked his way closer, moving from tree to tree. His original plan was to kill the animal and capture the human. Nothing in this forest felt right so that no longer seemed wise. He was closing the gap quickly, contemplating his next move, when he stepped on a branch and it made a loud cracking noise.

The woman whipped around and looked Roger directly in the eyes. She was the most beautiful creature he had ever seen. Her skin had a greenish tint, her eyes were the color honey and her hair hung in a long copper braid over her shoulder. She had a lean muscular build. All of her features were sharp and angular, yet soft and elegant, especially her elongated pointy ears.

His presence startled her but her expression quickly changed from surprise to anger. "Nu hon!" She shouted, pointing in Roger's direction.

At her command, the horse turned around. Its nostrils flared as its red eyes locked onto Roger. The animal charged. Roger hesitated a moment too long, confused by what he saw. Was that a horn?

The animal moved fast. As Roger tried to run, he tripped over a tree root and fell face first into the grass. He flipped over in time to see the animal rearing up. Its massive hooves landed on the ground trapping Roger's body between them. The horse bowed its head. Roger's eyes widened as he stared at the long solitary horn hovering above his chest. It was probably ivory, but this close up, Roger saw it was red...stained with blood.

About the Author

Myrtis Smith estas usona esperantistino, inĝeniera instruisto tage kaj aspiranta artisto nokte. Ŝiaj ŝatokupoj inkluzivas verkadon, dancadon, kudradon, marŝadon kaj, komprenele, Esperanton.

Visit KylanVerdeBooks.com to sign up for our newsletter and find more dual language Esperanto books!